Kikker & Vriendjes

Kikker speelt verstoppertje
Kikker en de sneeuwman
Kikker en het slaapfeest
Kikker is ongeduldig
Kikker en de warme dag
Kikker en het Nieuwjaar
Kikker en de stoelendans
Kikker is boos
Kikker en het water
Kikker en de vos
Kikker en het verjaardagsspel

Klassieke *Kikker* prentenboeken van Max Velthuijs:
Kikker is verliefd *Zilveren Griffel 1990*
Kikker en het vogeltje *Gouden Griffel en Zilveren Penseel 1992*
Kikker in de kou *Gouden Penseel en Zilveren Griffel 1993*
Kikker en de vreemdeling *E. du Perronprijs 1994*
Kikker is bang
Kikker is een held *Vlag en Wimpel 1996*
Kikker is Kikker *Gouden Penseel 1997*
Kikker en de horizon
Kikker en een heel bijzondere dag
Kikker vindt een vriendje
Kikker vindt een schat
Kikker is bedroefd

This book is developed and published by Uitgeverij Leopold under license of Telescreen B.V.
and is based upon *Frog & Friends*, the Animation Series produced by Telescreen B.V.
under license from Rights at Work B.V., licensee of Max Velthuijs Foundation.
Illustrations by A.film

Vormgeving Studio Bos
NUR 273 / ISBN 978 90 258 5598 7

www.leopold.nl / www.frogandfriends.com

FSC
www.fsc.org
MIX
Papier van verantwoorde herkomst
FSC® C101807

Uitgeverij Leopold drukt haar boeken op papier met het FSC-keurmerk. Zo helpen we waardevolle oerbossen te behouden.

Kikker & Vriendjes

Kikker en de vos

naar Max Velthuijs

Leopold / Amsterdam

Het is een zonnige dag.
Vrolijk lopen Kikker en Eend door het bos.
Ze hebben bloemen geplukt.

Plotseling staat Eend stil. 'Hoor je dat, Kikker?' vraagt ze.
'Wat?' vraagt Kikker.
'Ik hoor onweer,' zegt Eend.
'Ik hoor niets,' zegt Kikker. 'En de lucht is helemaal blauw!'

Opeens komt Vos tevoorschijn van achter een boom.
'Dat is geen onweer,' zegt hij. 'Het is mijn maag die knort!'

‘O... dag Vos,’ zegt Kikker. ‘Hoe gaat het ermee?’
‘Ik heb honger,’ zegt Vos.
‘Een eindje verderop zag ik heerlijke, sappige bosbessen,’ vertelt Kikker.
Maar Vos zegt: ‘Ik heb trek in heerlijke, sappige eend!’

De ogen van Eend worden groot van schrik.
'Dat is nou jammer,' zegt Kikker. 'Eend voelt zich niet zo goed vandaag...'
'Nee,' zegt Eend gauw. 'Ik heb te veel bosbessen gegeten.'
'Bah,' zegt Vos. 'Een zieke eend smaakt niet lekker.
Kruip maar vroeg in bed en zorg dat je gauw weer beter bent!'

Bij het huis van Kikker neemt Eend afscheid.
'Wat moet ik morgen zeggen tegen Vos?' vraagt ze angstig.
'Ga nu maar eerst naar huis,' zegt Kikker. 'Morgen kom ik heel vroeg naar je toe en dan bedenken we een plan.'

De volgende ochtend komen ze Vos tegen in het bos.
'Voel je je vandaag al wat beter, lieve Eend?' vraagt hij.
'Een beetje…' zegt Eend bibberend.

‘We gaan op verjaarsvisite bij Varkentje,’ zegt Kikker.
‘Varkentje? Die is lekker dik, hè? Dan ga ik graag met jullie mee!’

Opeens springen Kikker en Eend in het water.
'Hé,' roept Vos. 'Wat doen jullie nou? Ik kan niet zwemmen!'

Als ze bij Varkentje zijn, vertellen Kikker en Eend alles aan hun vrienden.
'Vos is heel slim maar ook hongerig,' zegt Rat. 'Wij moeten slimmer zijn dan hij.
Ik heb een plan.'

De volgende ochtend gaan ze meteen aan de slag.

Ze graven een heel diepe kuil.

De kuil wordt bedekt met takken en blaadjes.
'Wij zullen ons verstoppen,' zegt Kikker.
'Het gaat lukken, Eend. En dan hoef je niet meer bang te zijn.'

Daar is Vos al. Hongerig kijkt hij naar Eend.
'Hallo Vos, gaat het goed met je?' vraagt Eend vriendelijk.
'Ik rammel van de honger,' zegt Vos.

Vol spanning kijken de vrienden toe.
Zal de list slagen?

Vos doet een stap vooruit...
en net op het moment dat hij Eend wil grijpen, valt hij in de kuil!

Het plan is gelukt!
De vrienden zijn Vos te slim af geweest.
Jammerend ligt hij in de kuil.

'Je was heel dapper, Eend,' zegt Kikker.
Vos roept: 'Haal me eruit! Alsjeblieft, lieve vrienden.
Ik wilde Eend niet opeten. Het was maar een grapje!'

‘Ga je me echt niet opeten, als ik je eruit haal?’ vraagt Eend.
‘Nee, dan zal ik nooit meer eenden opeten,’ zegt Vos.
‘Goed dan,’ zegt Eend.

Het valt niet mee om Vos uit de kuil te halen.
Ze trekken en trekken...

Daar is hij.
Voor de zekerheid gaat Eend achter haar vrienden staan.
Maar Vos is heel dankbaar.
'Jullie hebben me gered,' zegt hij.

Hij knielt neer voor Eend.
'Eendje, wil je met me trouwen?' vraagt hij.
'Nee,' zegt Eend. 'Vossen houden te veel van eenden.
Maar we kunnen wel vrienden zijn. Op een afstand.'

Over de brug loopt Vos terug naar zijn huis. Ver weg, waar hij thuishoort...